AF246743

ÉTRENNES

DE

JEAN A NICOLAS,

OU

LES DEUX LIONS,

LE RENARD, LE BLAIREAU

ET LES ANES.

A ANDELY,

M. D. C C. LXXV.

ÉTRENNES
DE JEAN A NICOLAS,

OU

LES DEUX LIONS,

LE RENARD, LE BLAIREAU

ET LES ANES.

Un Lion, non de ceux dont l'humeur fanguinaire
Dévore fans pitié Chien, Brebis & Pafteur;
Mais un Lion plein de douceur,
Tranquile & debonnaire,
Qui pécha, nous dit-on,
Moins par le mal qu'il fit dans fa foibleffe,
Que par trop de bienfaits & de profufion
Pour fes amis & fa maîtreffe.
Maîtreffe! pourquoi non?
N'eft-il pas des flatteurs à la Cour du Lion?
Et l'un, comme l'on fait, ne va jamais fans l'autre;

C'étoit du moins la mode de mon temps.

L'amour étoit le Patron & l'Apôtre

Des Miniſtres, des Courtiſans ;

Il fût toujours, ſera toute la vie

Compagnon de la flatterie.

Lui-même, ce fripon, ce dangereux enfant

N'eſt-il pas le flatteur le plus inſinuant ?

Mais ce n'eſt plus la même choſe :

A la Cour, dites-vous, ils ont la bouche cloſe.

Le Loup plus circonſpect dans ſon averſion,

N'oſe plus y dauber au coucher du Lion.

Si le ſort moins proſpere

M'avoit ravi jadis à mon obſcurité,

Pour ce joug impoſant qu'on nomme Royauté,

Je n'euſſe fait au Ciel qu'une priere,

Ç'eut été de pouvoir, avec un front ſévere

Refuſer leur encens offert par la beauté.

Depuis que dans la biere

Je repoſe, dit-on, à côté de Moliere,

Parmi tous ceux que ſa Muſe a produits,

Le Fablier a-t-il porté des fruits ?

Je n'euſſe jamais cru qu'après mon dernier ſomme,

On profitât là-haut des rêves *du bon homme.*

Encore, direz-vous, de mes digreſſions :

A quoi bon ce prélude

Et ces réflexions ?

Je fus toujours animal d'habitude.
Revenons au Lion avec fes Courtifans.
Celui-ci, nous dit-on, au déclin de fes ans,
Nourriffoit à fa Cour huit chevaux alezans
          Chargés du foin de traîner fa litiere ;
          Soit que Sa Majefté
Le fit, ou par befoin, ou par commodité.
Il fe plaignoit un jour de leur humeur altiere.
          Comme on le fait, nos Seigneurs les Chevaux
Lui font foumis, ainfi que tous les animaux.
Ces Courfiers, difoit-il, autrefois fi faciles,
A mon moindre fignal empreffés, attentifs,
Pour mon prédéceffeur aux rênes fi dociles,
          Mais maintenant fi durs & fi rétifs,
Fatiguent par leur joug ma main appefantie.
Sire, dit un Renard, d'une voix radoucie,
C'étoit un patelin, un miéleux, un cafard,
Un franc Pâtepelu, fentant de près la hard,
          Qui pour un vil falaire
Trahiffant fon ferment, trafiquant de fa foi,
Eût livré fon Pays, fon Monarque & fa Loi.
          Son ame avide & mercenaire,
Pour un poulet jadis avoit vendu fon pere.
          Prince, dit-il, de votre Majefté
          Depuis long-temps j'admire la bonté
Pour fouffrir leurs écars, leur indocilité ;

Et vous me permettrez que je vous le confesse,
Mon devoir, mon amour à vos jours m'intéresse ;
C'est mettre trop souvent votre tête au hasard,
De vous voir renversé de dessus votre char.
  Hier encor leur boutade imprévue,
  Avec raison nous fit pâlir d'effroi ;
Mon ame, quand j'y pense, en est encore émue ;
Si l'œil toujours ouvert sur le fort de mon Roi,
(Peut-être vous touchiez à votre heure derniere)
Effrayé du péril, je n'avois de ma main,
Soutenu votre char tombant dans une orniere,
Prêt d'être renversé par ces chevaux sans frein.
Il est dans vos États des coursiers plus tranquilles,
Des animaux plus doux, au joug moins indociles ;
Sire, dites un mot, vos vœux seront remplis.
  De son flateur le Roi goûta l'avis.
Or donc à ses Vassaux Sa Majesté Lionne,
  Fait à savoir de se rendre en personne,
Et non, par Députés devant toute sa Cour,
  (Sauf exoine pourtant,) à certain jour,
Sur peine enjoignoit-il de haute félonie.
Pas un n'osa manquer au Roi des Animaux.
  Tout s'y trouva, Visirs, Pachas, Vassaux,
La salle du Conseil en fut toute remplie.

Là, Compere Renard avec précision,
  Dans un discours plein d'astuce & d'adresse,

Et fous une couleur captieufe & traîtreffe,
Expofa le fujet de l'invitation.

Du Roi Lion conduire la litiere,
De Sultan Léopard ce n'étoit point l'affaire,
Ç'eût été s'expofer
Que de le propofer
Aux grands Vaffaux de la Couronne.
Pour remplacer nos alezans altiers,
Les Eléphans , ces colonnes du Trône,
Invités à fervir au Lion de courfiers,
Sagement répondirent :
Avec raifon ils prétendirent ,
Que par leur maffe informe, & par leur pefanteur
Ils apporteroient trop d'obftacle & de lenteur
A porter dans chaque Province ,
Soit la Perfonne , ou les ordres du Prince ;
Que le cas requéroit fouvent célérité ;
Que , par comparaifon avec les Dromadaires ,
Et les Chameaux leurs freres ,
Semblables à des tours par leur énormité ,
Ils marchoient à pas de Tortue.
Sous un jour différent, un autre point de vue ,
Préfentant leurs raifons
Les Chameaux refuferent :
Très-humblement ils s'excuferent,
(Ruminant, à par foi, leurs appréhenfions)

Sur ce que, dirent-ils, entiérement novices
Dans cet art inventé par les fils de Léda,
Le fort nè les fit point (& le fort décida)
Pour remplir dignement ces nobles exercices.

 Que la Nature en plaçant fur leur dos
Une efpece de bât propre aux plus lourds fardeaux,
Leur montroit qu'ils n'étoient que des Bêtes de fomme,
Qu'ils l'avoient, fans reproche, affez appris de l'homme.
Nos comperes les Loups, quand ce vint à leur tour,
Répondirent, dit-on, comme on fait à la Cour,
  Quand on veut fe tirer d'affaire,
   C'eft-à-dire, en Normands.
Du Lion ils craignoient encor moins la colere,
Que de fon Favori les vifs reffentimens.
Il n'eft rien, dirent-ils, qu'on ne fît pour lui plaire,
  Et pour fervir Sa Majefté ;
  Nous n'y voyons qu'une difficulté,
   Qu'une chofe à redire :
  L'unique point eft lorfque par hafard,
  Il nous faudra faire marcher le char,
A droite, à gauche, & lui faire décrire,
   Sans quitter le timon,
  Soit en avant, foit en arriere,
  Certaine ligne oblique ou circulaire,
Les Loups, comme l'on fait, *ont les côtes de long.*
Hélas ! contre les Chiens dans le cas de défenfe,

Soit vice d'habitude ou de conformité,

Nous n'en faiſons que trop la dure expérience ;

Et cette triſte vérité

N'eſt-elle pas en proverbe paſſée ?

Si nous oſions ici dire notre penſée ;

A tous les mouvemens la ſoupleſſe exercée

De Dom Bertrand, eſt bien mieux votre fait ;

Et cet emploi lui convient tout-à-fait.

Les Singes, faiſant tous une humble révérence,

dirent, aſſurément,

Comperes, vous montrez pour nous en ce moment

Trop de zele & trop d'indulgence,

Et, Sire, de la part de votre Majeſté,

C'eſt trop d'honneur & de bonté ;

Vous connoiſſez notre foibleſſe.

Notre talent par fois amuſant vos loiſirs

Par quelque paſquinade ou quelque gentilleſſe,

Peut exciter vos ris, égayer vos plaiſirs ;

Mais ſi dans vos Etats il ſurvient quelques guerres,

Il ſeroit dangereux que la timidité

Que l'on reproche à nos confreres

Dès la plus haute antiquité

Au milieu d'une affaire,

(Ne comptez pas nous aguerrir,

De la peur vous ſavez qu'on ne peut nous guérir)

Ne fît tourner le dos à la litiere.

Bref, pour fe difpenfer de la commiffion,

Le Bœuf, le Mulet même,

Surent dans leur cerveau trouver une raifon.

En vain pour fon fyftême

Le Renard épuifa dans cette occafion

Les rufes de fon art, menaces & careffes,

Leurres de toute forte, intrigues & baffeffes,

Malgré qu'il fe fentît pris dans fon propre fac,

On auroit dit à fon air d'affurance,

Qu'il cachoit quelque rufe au fond de fon biffac :

Quand les Anes enfin (l'aveugle confiance

Fut de tout temps compagne & fœur de l'ignorance)

Vinrent s'offrir, encor blancs du moulin.

Ils font à la litiere attelés de fa main,

Non cependant fans quelque répugnance;

Mais en faveur de leur obéiffance,

Vû le befoin & la néceffité,

On fit moins de difficulté.

Dom Blaireau fe levant, & reclamant l'ufage,

Dans un difcours, dit-on,

Rempli de force & de foumiffion,

Repréfenta l'abus de l'innovation.

A voir de celui-ci le poil & le corfage,

De l'ennemi de Jean Lapin

On jureroit qu'il feroit frere :

Mais cependant du Renard il differe,

Quant à ſes mœurs s'entend, ou quant à ſon inſtinct.
Notre Blaireau n'étoit rien moins que camarade
Du Croqueur de Poulets. Dans plus d'une ambaſſade,
Reconnu par les ſiens pour ſon intégrité,
A la Cour du Lion maintefois député,
Il y fit dignement ſes importans meſſages :
Parmi l'agent Blaireau c'étoit un des ſept ſages.
Au-deſſus de l'intrigue & des ruſes de Cour,
Tel que la Vérité ſans fard & ſans détour,
Humble, reconnoiſſant, patient, populaire,
Frugal juſqu'à l'excès, & dans ſes mœurs ſevere,
Au fond de ſon terrier il eût péri de faim,
Plutôt que de jamais le ſouiller d'un larcin.
    Du Favori, bref, c'étoit l'antipode ;
Et ſi Dame Juſtice eut égaré ſon Code,
Elle l'eût, ce dit-on, retrouvé dans ſon cœur.
    Il haranguoit dans la choſe publique
        Ni plus ni moins que l'Orateur,
Dont le zele éloquent, l'ardeur patriotique,
De Rome lui valut le titre de Sauveur ;
Quand le Lion, peu fait au ſtyle à période,
Fronçant l'épais ſourcil de ſon front irrité,
Rompit le Harangueur, des Rois c'eſt la méthode,
        Et ſans autre formalité,
    Chez eux l'exil ſuit de près la diſgrace,
Il ſuffit pour cela de déplaire une fois,

Vos services paſſés, à leurs yeux tout s'efface;
Les Lions ſur ce point ſont émules des Rois.

    Sous des harnois pompeux & magnifiques,
Fiers de leurs freins dorés nos griſons ſe carroient,
Pour ſe mieux prélaſſer à pas comptés marchoient,
Tels que j'ai peint celui qui portoit des reliques.
Les Courtiſans, dit-on, rirent ſecrettement
        De ce ridicule attelage;
        Mais ceux dont le ris fut moins ſage,
        Furent punis cruellement;
Car ſi du Roi Lion la colere eſt terrible,
Le courroux du Renard n'eſt pas moins inflexible.
Quelques-uns ſur le champ ſont empalés tout vifs,
Seulement pour l'exemple, ou retenus captifs.
D'autres pour un bon mot ſouffrirent le martyre:
Pourrirent dans des lieux voiſins des ſombres bords,
        Après avoir enduré mille morts,
Tant ſur l'eſprit du Maître il avoit pris d'empire!
De Sultan Léopard l'antique Majeſté,
De cet homme nouveau dédaignant l'inſolence,
S'exila, nous dit-on, de la Cour par prudence.

    Cependant ſur ſon char avec ſécurité,
Dans les mains du Renard aſſis à ſon côté,
    Sire Lion laiſſoit aller les rênes,
    Plus de ſoins, partant plus de peines.

De fobres qu'ils étoient, & vivant de chardons,
    Nos courfiers à longues oreilles
Oubliant le moulin, la fournée & les veilles,
Devinrent arrogans, & gourmands & fripons.
L'orge étoit à leur goût trop groffiere pâture,
    (A quel point les honneurs
  Changent l'inftinct, pervertiffent les mœurs)
    Ils fe gorgeoient d'avoine la plus pure,
Et ne croyoient jamais voir terminer le cours
De leurs profpérités. Au plus haut de la roue
La Fortune bientôt leur fit un de fes tours,
Car des ânes auffi la Fortune fe joue.
    Il avint par malheur,
  Je ne fais plus pour quelle affaire
Qu'un Lion fon voifin haut & puiffant Seigneur
    A notre Lion fit la guerre,
Au cliquet du moulin, maîtres Aliborons,
Plus faits qu'au bruit guerrier des Tambours, des Clairons,
    Des Mortiers, des Canons,
Se feroient bien paffés d'une pareille aubade.
    Nos Bucéphales de moulin,
Au fignal du combat dans leur effroi foudain
    Firent une incartade :
Qui portant dans les rangs l'allarme & la frayeur,
    Sema par-tout leur panique terreur.
Dans les rênes enfin la litiere emmêlée,
    Refta, dit-on, dans la mêlée.

Le Lion y périt, regrettant, mais trop tard,
De s'être à la legere,
Sur la foi du Renard,
Embarqué dans pareille affaire.

Son Fils lui succéda. Ce Roi ferme & fevere,
Encor que Lionceau, détestant les flatteurs,
Ennemi déclaré des plaisirs corrupteurs,
Qui féduisirent trop ses illustres auteurs,
Fut surnommé le Juste.
Que ce titre est auguste
Pour un Lion à mon avis !
Quel autre titre peut lui disputer le prix !
Il soulagea l'Etat en réglant ses dépenses;
Il réforma l'abus dans ses Finances :
L'ordre & l'économie à son avénement,
Furent son Contrôleur & son Sur-Intendant.
Son zele pour le bien & son amour sincere
De la justice & de la vérité,
Rappella près de lui ce Courtisan sévere,
Dont l'auguste candeur, la noble liberté,
Eut l'exil pour salaire.
Je m'imagine voir, parmi les Athéniens,
Ce Héros du patriotisme,
Le plus juste des Grecs, flétri par l'ostracisme,
Revenant pour l'honneur & le salut des siens.

Le Renard se trahit à force de souplesse,

Et dans un de ſes las lui-même fut ſurpris.
On démaſqua bientôt la fourbe & la baſſeſſe,
Dans ce pays ſouvent, tel qui croit prendre, eſt pris.

Le Roi ſe contentant par un trait de clémence,
D'interdire au flateur ſon auguſte préſence,
Le crut aſſez puni de vivre confiné
Au fond de ſon terrier, de la Cour éloigné,
Sans ſuppôts, ſans eſpions, ſans Agens, ſans intrigue,
Sans Suiſſe, ſans Valets, ſans menée & ſans brigue.
On dit que ſon eſprit ſoutint mal ce revers;
La ſolitude eſt affreuſe aux pervers.
Les Renards à la Cour trouverent porte clauſe.
Sur l'ancien pied on remit toute choſe;
L'ordre fut rétabli. Lioncere & l'Etat
Reprirent leur ſplendeur & leur ancien éclat.
Nos Seigneurs les Chevaux à la Cour reparurent,
Et Sultans Léopards ſur leurs pas accoururent
Aux cris de joie, aux acclamations
D'un peuple d'animaux. Maîtres Aliborons
Firent lors ſotte mine;
Ils manquerent, dit-on, d'en être lapidés,
Quand ils s'enfuirent tous reprenant leur bâtine.
Ils furent bafoués, honnis, vilipandés.
(Le peuple eſt toujours peuple, & c'eſt là ſa maniere
De décharger ſa bile & ſa colere.)

Ne fortons point de notre fphere,
Je l'avois déja dit quand j'étois fur la terre.
          Le fort mit au monde Martin
Pour porter fur fon dos la fournée au moulin;
Un emploi mandié trahit votre foiblefſe,
Vaut mieux porter un bât qu'un harnois qui vous blefſe.

F I N.